북항

안도현 시집

문학동네시인선 020 안도현

북항

시인의 말

투명과 불투명의 사이, 명징함과 모호함의 경계쯤에 시를
두고 싶었으나 뜻대로 잘 되지 않았다. 개판 같은 세상을 개
판이라고 말하지 않는 미적 형식을 얻고 싶었으나 여의치
않았다. 말과 문체를 갱신해 또다른 시적인 것을 찾고자 하
였으나 그 소출이 도무지 형편없다. 저 들판은 초록인데, 나
는 붉은 눈으로 운다.

2012년 5월
안도현

차례

적게 먹고 적게 싸는 딱정벌레의 사생활에 대하여
불꽃 향기 나는 오래된 무덤의 입구인 별들에 대하여
푸르게 얼어 있는 강물의 쩡쩡한 하초(下焦)에 대하여
가창오리들이 떨어뜨린 그림자에 잠시 숨어들었던
기억에 대하여

일기

오전에 깡마른 국화꽃 웃자란 눈썹을 가위로 잘랐다

오후에는 지난여름 마루 끝에 다녀간 사슴벌레에게 엽서를 써서 보내고

고장 난 감나무를 고쳐주러 온 의원(醫員)에게 감나무 그늘의 수리도 부탁하였다

추녀 끝으로 줄지어 스며드는 기러기 일흔세 마리까지 세다가 그만두었다

저녁이 부엌으로 사무치게 왔으나 불빛 죽이고 두어 가지 찬에다 밥을 먹었다

그렇다고 해도 이것 말고 무엇이 더 중요하다는 말인가

북항

나는 항구라 하였는데 너는 이별이라 하였다
나는 물메기와 낙지와 전어를 좋아한다 하였는데
너는 폭설과 소주와 수평선을 좋아한다 하였다
나는 부캉, 이라 말했는데 너는 부강, 이라 발음했다
부캉이든 부강이든 그냥 좋아서 북항,
한자로 적어본다, 北港, 처음에 나는 왠지 北이라는
글자에 끌렸다 인생한테 패할 수 있을 것 같았다
어디로든지 쾌히 달아날 수 있을 것 같았다
모든 맹서를 저버릴 수 있을 것
같았다 배신하기 좋은 북항,
불 꺼진 삼십 촉 알전구처럼 어두운 북항,
포구에 어선과 여객선을 골고루 슬어놓은 북항,
이 해안 도시는 따뜻해서 싫어 싫어야 돌아누운 북항,
탕아의 눈 밑의 그늘 같은 북항,
겨울이 파도에 입을 대면 칼날처럼 얼음이
해변의 허리에 백여 빛날 것 같아서
북항, 하면 아직 블라디보스토크로 가는 배편이
있을 것 같아서 나를 버린 것은 너였으나
내가 울기 전에 나를 위해 뱃고동이 대신 울어준
북항, 나는 서러워져서 그리운 곳을 북항이라
하였는데 너는 다시는 돌아오지 못한다 하였다

그 집 뒤뜰의 사과나무

적게 먹고 적게 싸는 딱정벌레의 사생활에 대하여
불꽃 향기 나는 오래된 무덤의 입구인 별들에 대하여
푸르게 얼어 있는 강물의 짱짱한 하초(下焦)에 대하여
가창오리들이 떨어뜨린 그림자에 잠시 숨어들었던 기억
에 대하여

나는 어두워서 노래하지 못했네
어두운 것들은 반성도 없이 어두운 것이어서

열몇 살 때 그 집 뒤뜰에
내가 당신을 심어놓고 떠났다는 것 모르고 살았네
당신한테서 해마다 주렁주렁 물방울 아가들이 열렸다 했네
누군가 물방울에 동그랗게 새겼을 잇자국을 떠올리며
미어지는 것을 내려놓느라 한동안 아팠네

간절한 것은 통증이 있어서
당신에게 사랑한다는 말 하고 나면
이 쟁반 위 사과 한 알에 세 들어 사는 곪은 자국이
당신하고 눈 맞추려는 내 눈동자인 것 같아서

혀 자르고 입술 봉하고 멀리 돌아왔네

나 여기 있고, 당신 거기 있으므로

기차 소리처럼 밀려오는 저녁 어스름 견뎌야 하네   ─

국화꽃 그늘과 쥐수염붓

국화꽃 그늘이 분(盆)마다 쌓여 있는 걸 내심 아까워하
고 있었다
하루는 쥐수염으로 만든 붓으로 그늘을 쓸어 담다가
저녁 무렵 담 너머 지나가던 노인 두 사람과 만나게 되
었다
한 사람이 국화꽃 그늘을 얼마를 주면 팔 수 있느냐고 물
었다
또 한 사람은 붓을 팔 의향이 없냐고 흥정을 붙였다
나는 다만 백년을 쓸어 모아도 채 한 홉을 모을 수 없는
국화꽃 그늘과
쥐의 수염과 흰 토끼털을 섞어 만든 붓의 내력에 대해 말
해주었다
그 대신 구워서 말려놓은 박쥐 몇 마리와 박쥐의 똥 한 홉,
게으른 개의 귓속에만 숨어 사는 잘 마른 일곱 마리의 파리,
입동 무렵 해 뜨기 전에 채취한 뽕잎 일백이십 장, 그리고
술에 담가놓았다가 볶아 가루로 만든 깽깽이풀 뿌리를 내
어놓았다
두 노인은 그것들을 한번 내려다보더니 자신들은 약재상
(藥材商)이 아니라 했다
그러고는 바삭바삭 소리가 날 것 같은 국화꽃 그늘에 귀
를 대보고
쥐수염붓을 오래 만지작거리더니 가을볕처럼 총총 사라
졌다

그렇게 옛적 시인들이 나를 슬그머니 찾아온 적이 있었다 ─

─

입추

이 성문으로 들어가면 휘발유 냄새가 난다

성곽 외벽 다래넝쿨은 염색 잘하는 미용실을 찾아나서고 있고

백일홍은 장례 치르지 못한 여치의 관 위에 기침을 해대고 있다

도라지꽃의 허리 받쳐주던 햇볕의 병세가 위중하다는 기별이다

방방곡곡 매미는 여름여름 여름을 열흘도 넘게 울었다지만

신발 한 짝 잃어버린 왜가리는 여태 한강을 건너지 못하고 있다

한성부 남부 성저십리(城底十里)의 참혹한 소식 풀릴 기미 없다

시 두어 편 연필 깎듯 깎다가 덮고 책상을 친다

오호라, 녹슨 연못의 명경을 건져 닦으니 목하 입추다

표절

가을날 그는 방에서 오건(烏巾)을 쓰고 흰 겹옷을 입고 녹침필(綠沈筆)을 흔들면서 바다에 노니는 물고기 그림을 감상하는 중이었다

그때 홀연 문종이 바른 창이 환해지더니 기울어진 국화꽃 그림자가 창에 드리워졌다

그가 붓에다 묽은 먹을 묻혀 그 그림자를 기쁘게 모사하였더니, 한 쌍의 큰 나비가 향기를 쫓아와서는 국화꽃 가운데 와 앉더라는 것이었다

나비의 더듬이가 마치 구리줄같이 또렷해서 헤아릴 수 있을 정도였는데 그는 그것마저 세밀하게 그려넣었다

그러고 나니 또 문득 참새 한 마리가 가지를 잡고 매달리기에 참으로 기이하게 생각하고

참새가 놀라 날아갈까봐 급히 또 베껴 그리고는 붓을 내던지며 이렇게 말했다고 한다

"일을 잘 마쳤다. 나비를 얻었는데 참새를 또 얻었구나!"

이덕무의 『이목구심서(耳目口心書)』를 읽다가 누가 표절해 쓸까봐 급히 여기 옮겨 적는다

설국(雪國)

1

첩첩산중이라 했다. 산비탈 참나무는 눈보라의 멱살을 잡고 부르르 떨고, 대숲은 눈보라가 쓰고 온 푸른 관을 이마로 들이받고, 으름넝쿨은 눈발을 거머잡고 울고 있다고 했다. 호랑이 사냥에 나선 포수들이 급히 보내온 서찰은 눅눅하였다. 눈보라는 한성부 북악 쪽을 폐허로 만들겠다는 듯 악을 써댔다. 야음을 틈타 남으로 도하하려는 백성들이 마포에 눈덩이처럼 불어나고 있다는 소식이 또 날아들었다.

2

서찰은 호랑이의 사살과 해체 과정, 향후 용도를 조목조목 기록하고 있었다. 호랑이의 똥구멍에 정확하게 꽂힌 화살촉이 몸을 관통해 주둥이 밖으로 빠져나갔다 했다. 눈보라처럼 울부짖다가 호랑이는 쓰러졌고, 배를 가르니 뱃속에서 붉은 눈발이 수만 길 치솟았다 했다. 계곡으로 흘러내린 핏물이 눈보라를 헤치고 경복궁을 감돌아 광화문을 적시더니 용산에 이르러 홀연 사라졌다 했다. 하도 기이하여 망루를 설치하고 자세히 살펴보았으나, 망원경 안에 흰 새떼가 깃을 치는 소리만 요란하였다. 나의 불명을 탓하며 저녁을 굶었다.

3

호랑이 가죽은 만백성이 보라고 남산타워 끝에다 깃발로 내걸고, 뼈는 추려서 자연사박물관으로 보내고, 기름은 설해목(雪害木)의 찢긴 상처에다 바르고, 눈알은 깨지지 않게 잘 다뤄 판자촌 흉흉한 골목의 가로등으로 달고, 발톱은 노인정의 등 긁개로, 꼬리는 전국 상공의 먹구름을 터는 총채로 쓰면 어떻겠느냐고 물어왔다. 나는 좋다, 그리 하라 하고 즉시 보발꾼을 띄웠다.

4

그 다음날, 포수들이 하산하지 못했다는 전갈이 왔다. 아침에 일어나보니 잡아놓은 호랑이는 온데간데없었고, 흰 고양이 한 마리가 사지를 뻗고 쓰러져 있었다고 했다. 통탄할 일이었다. 눈썹에 하얗게 눈을 뒤집어쓴 보발꾼은 고개를 들지 못했다. 나는 드는 칼로 눈 내리는 북악의 밑동을 싹둑 잘라서 칼등 위에 올려서는 동해로 내던지라는 영을 내렸다. 그리고 집안의 하인들에게 흰옷을 입고 모두 북악으로 가서 거사를 거들라 일렀다.

5

눈 내리는 텅 빈 집은 심해(深海) 같았다. 아내가 저녁 찬

─ 이 없다고, 뒤뜰 김치 광으로 가서 두어 포기 꺼내와달라고
부탁했다. 체면도 아랑곳없이 신발 끌고 마당에 나와 북악
쪽을 바라보았으나 기별은 감감하였다. 김칫독 속으로도 눈
발이 자욱하게 몰려들었다.

─

매화꽃 목둘레

수백 년 전 나는 빨간 목도리를 두르고 마을에 나타난 나 어린 계집 하나를 지극히 사랑하였네 나는 계집을 분(盆)에 다 심어 방 안에 들였네

하루는 눈발을 보여주려고 문을 열었더니 계집은 제 발로 마루 끝으로 걸어나갔네 눈발은 혀로 계집의 목을 빨고 핥았네 계집의 목둘레는 얼룩이 져서 옥골빙혼(玉骨氷魂)이라 쓰고 빙기옥골(氷肌玉骨)이라 쓴 옛 시인들을 희롱하였네 그러다 계집은 그만 고뿔에 걸리고 말았네

그날 나는 계집의 목둘레를 닦으려고 붓을 들었으나 붓끝만 살에 닿아도 싸락눈처럼 울었네 또 나는 붓을 들어 한 편의 시를 쓰려 하였으나 식솔들이 나를 매화치(梅花痴)라 비웃으며 수군대는 소리가 마당을 건너왔네

나는 늙었네 늙어 초췌해진 면상을 차마 계집에게 보일 수 없었네 생의 목둘레선은 끔찍이 외로워질 때 또렷해지는 법이어서 나는 아래채로 계집의 거처를 따로 옮겼네 나의 혹애(酷愛)는 서성거리는 발소리로 건너갈 것이었네

그해 섣달 초이렛날, 나는 매화 분(盆)에 물을 주라 겨우 이르고 나서 아득하여 눈을 감았네 그리하여 매화꽃은, 매화꽃은 목둘레만 남았네

적멸

장독 항아리 뚜껑 위에 눈이 내렸다, 간밤에
뒤뜰에 누가 못을 파서 대여섯 포기 연꽃을 심었느냐
겨울 아침에 브래지어처럼 백련이 벙글어서 좋고
저 연꽃과 나 사이의 눈부신 거리를 거저 얻어 좋다
내 눈썹에다 겨자씨를 뿌리고 가는 북풍도 좋다
마른 풀덤불 잡기장에 참새야, 무얼 그리 총총 적느냐
엄한 원고 마감일을 넘겨야 비로소 시가 오는 습성이
좀 오래갔으면 한다, 오후에는 눈 녹은 물로 손을 씻고
저 연못으로 소금쟁이가 타고 갈 뗏목을 만들어야겠다

직소폭포

저 속수무책, 속수무책 쏟아지는 물줄기를 바라보고 있으면 필시 뒤에서 물줄기를 훈련시키는 누군가의 손이 있지 않고서야 벼랑을 저렇게 뛰어내릴 리가 없다는 생각이 드오 물방울들의 연병장이 있지 않고서야 저럴 수가 없소

저 강성해진 물줄기로 채찍을 만들어 휘두르고 싶은 게 어찌 나 혼자만의 생각이겠소 채찍을 허공으로 치켜드는 순간, 채찍 끝에 닿은 하늘이 쩍 갈라지며 적어도 구천 마리의 말이 푸른 비명을 내지르며 폭포 아래로 몰려올 것 같소

그중 제일 앞선 한 마리 말의 등에 올라타면 팔천구백구십구 마리 말의 갈기가 곤두서고, 허벅지에 핏줄이 불거지고, 엉덩이 근육이 꿈틀거리고, 급기야 앞발을 쳐들고 뒷발을 박차며 말들은 상승할 것이오 나는 그들을 몰고 내변산 골짜기를 폭우처럼 자욱하게 빠져나가는 중이오

삶은 그리하여 기나긴 비명이 되는 것이오 저물 무렵 말발굽 소리가 서해에 닿을 것이니 나는 비명을 한 올 한 올 풀어 늘어뜨린 뒤에 뜨거운 노을의 숯불 다리미로 다려 주름을 지우고 수평선 위에 걸쳐놓을 것이오 그때 천지간에 북소리가 들리는지 들리지 않는지 내기를 해도 좋소 나는 기꺼이 하늘에 걸어둔 하현달을 걸겠소

파종의 힘

옥수수 서너 알을 땅에 묻었다
이놈들이 땅거죽을 뚫고 올라오나 안 올라오나 궁금해하
는 동안 자꾸 겨드랑이가 가려웠다
내 겨드랑이에 병이 든 게 틀림없다고 생각했다

나 혼자 앓는 병은 밤하늘에 뿌려놓은 의심처럼 많은 것
이어서
나 혼자 앓는 병은 빗방울이 땅을 갉아먹을 때처럼 아까
운 것이어서
나 혼자 앓는 병은 귓가에 여치 소리를 달고 있는 옥수수
수염을 미리 상상하는 것처럼 성급한 것이어서

여러 날이 지난 뒤 땅속에 숨어 있던 새가 연둣빛 부리를
내밀었다
이 뾰족한 부리들이
내 무릎을 쪼아 먹고 내 허리를 쪼아 먹고 내 눈썹을 쪼
아 먹는 날이 언제일까 궁금해하는 동안 내 머리카락은 수
시로 서걱거렸다
밤 기차가 옥수수 줄기 끝 수꽃을 타고 오르는 꿈을 꾸
었다

내 상상은 피의 두더지들이 지나간 손등의 핏줄같이 푸
르스름하여서

내 상상은 거처가 없고 처자식도 봉양할 부모도 없고 오
로지 흔들리는 그림자만 있어서

내 상상은 죽도록 사랑할 애인도 없고 이별 따윈 더더욱
없고 옥수숫대의 종아리만 있어서

나는 누군가 나에게 흔들리는 옥수수 그림자를 경작하는
사람이라고 불러주었으면 좋겠다고 생각했다

왜 하필 그런 생각을 하느냐고 물으면

간신히 이를 가지런히 내보이며 파종의 힘을 말해야겠다
고 생각했다

명궁(名弓)

천리 밖 허공을 날아가는 새의
심장을 맞춰 떨어뜨릴 줄 아는
名弓이 있었다 하루에 한 번씩
해를 쏘아 서산 너머로 떨어뜨
리고 한 달에 한 번씩 뜨는 보름
달을 쏘아 허공에 먹물을 칠하
고 한 달에 한 번씩 여자를 쏘아
피를 흘리게 하고 일 년에 한 번
씩 이 세상의 모든 벽에 걸려
있는 달력을 쏘아 시간을 떨어
뜨릴 줄 알았다 별은 그의 화
살이 날아가 꽂힌 자국들이었
다 신은 뿔이 났다 허공에 송
송송 구멍을 내는 그가 괘씸하
여 신은 다시는 활을 쏘지 못
하게 그의 두 팔을 잘라버렸다
그때부터였다 팔짱을 끼고 강
건너 불구경하는 사람들이 생
겨난 것은 그들이 한때 名弓이
었다는 말이 있다

일월의 서한(書翰)

어제 저녁 영하 이십 도의 혹한을 도끼로 찍어 처마 끝에
걸어두었소
　꾸덕꾸덕하게 마를 때쯤 와서 화롯불에 구워 먹읍시다
　구부러지지 않고 요동 없는 아침 공기가 심히 꼿꼿한 수
염 같소
　당신이 오는 길을 내려고 쌓인 눈을 넉가래로 밀고 적설
량을 재보았더니 세 뼘 반이 조금 넘었소
　간밤에 저 앞산 골짜기와 골짜기 사이가 숨깨나 찼을 것
이오
　좁쌀 한 줌 마당에 뿌려놓았으니 당신이 기르는 붉은가슴
딱새 몇 마리 먼저 이리로 날려 보내주시오
　또 기별 전하리다, 총총

술 취한 말들을 위한 시간

젖은 길과 마른 지붕,
우는 말과 울지 않는 바퀴,
쓰러지는 나무와 일어서는 눈보라,
취하는 술과 취하지 않는 비탈,
납작한 빵과 두꺼운 가난,
아픈 동생과 아프지 않은 약,
가까운 하느님과 먼 총소리,
있는 군인과 없는 국경, 없는 아버지

산 너머
아버지를 넘어, 가는 소년

재테크

한 평 남짓 얼갈이배추 씨를 뿌렸다
스무 날이 지나니 한 뼘 크기의 이파리가 몇 장 펄럭였다
바람이 이파리를 흔든 게 아니었다, 애벌레들이
제 맘대로 길을 내고 똥을 싸고 길가에 깃발을 꽂는 통에
설핏 펄럭이는 것처럼 보였던 것
동네 노인들이 혀를 차며 약을 좀 하라 했으나
그래야지요, 하고는 그만두었다
한 평 남짓 애벌레를 키우기로 작심했던 것
또 스무 날이 지나 애벌레가 나비가 되면 나는 한 평 얼갈
이배추밭의 주인이자 나비의 주인이 되는 것
그리하여 나비는 머지않아 배추밭 둘레의 허공을 다 차
지할 것이고
나비가 날아가는 곳까지가, 나비가 울타리를 치고 돌아오
는 그 안쪽까지가
모두 내 소유가 되는 것

박쥐 똥을 쓸며

누옥에 와서 맨 처음 하는 일은 마루 위의 박쥐 똥을 빗자루로 쓸어내는 일

이 똥들 중에는 오래전에 박쥐의 똥구멍을 빠져나와 이미 단단하게 말라버린 놈도 있고 그제나 어제쯤 빠져나와 좀 말랑말랑한 놈도 있을 것이라고 생각한다

박쥐가 제 눈알처럼 까만 것들을 찔끔찔끔 내갈긴 것을 모아 약으로 쓴다고 했던 말을 들은 것 같기도 하고, 대륙에서는 박쥐 똥 속에 든 모기 눈알로 요리를 한다는 말을 들은 것 같기도 하다고 혼자 생각한다

일주일 만에 와서 박쥐 똥을 쓸며 만약 한 달 만에 와서 이것들을 쓸어 모으면 간장 종지 하나는 족히 채울 수 있으리라 나는 생각한다

밤새 서책이라도 읽을 요량으로 전깃불을 밝히면 박쥐는 나한테 똥 눌 자리를 빼앗겨버린 박쥐는 벽에 납작 달라붙지도 못하고 밤새 얼마나 똥자루가 먹먹할까 생각한다

아아, 한낱 서생인 내가 서책 따위를 읽으려고 불을 밝힘으로써 박쥐가 배변 주기를 놓치는 일은 없어야겠다고 생각한다

저녁밥

어두워지자 저녁은 찬장에서 귀뚜라미 소리를 꺼내 풀어
놓기 시작하였다

귀뚜라미 소리는 고양이 눈알을 두 개씩 말갛게 닦아 마
루 밑에 달아놓았다

고양이 눈알에서 펌프질한 차가운 눈물을 받아 쉰 보리밥
을 두 그릇이나 말아먹었다

보리밥 냄새가 빠져나간 부엌 구석에서 찬장은 함구하고
속으로 어두워졌다

붉은 눈

부엌, 이라는 말을 들으면 나는 곧잘 슬퍼져요 부엌은 늙
거나 사라져버렸으니까요 덩달아 부엌, 이라는 말도 떠나가
겠죠? 안 그래도 외할머니는 벌써 돌아가시고 어머니는 부
엌에서 더는 고등어를 굽지 않아요 아, 하고 입을 벌리고 있
던 아궁이 생각나요? 아아, 나는 어릴 때 아궁이 앞에서 불
꽃이 말을 타고 달린다고 생각했어요 그것은 말도 안 돼, 하
면서도 말이 된다고 생각했어요 말이 우는 소리로 밥이 익
는다고 생각했어요 알아요? 아궁이는 어두워지면 부엌의
이글거리는 눈이 되어주었지요 참 크고 붉은 눈이었어요 이
제 아무도 자신의 붉은 눈을 태우지 않아요 숯불 위에 말이
쓰러져요 나는 세상이 슬퍼도 분노하지 않아요

동무

　평양 가면 은숙 동무 영회 동무 강철 동무 들이 자주 새소
리처럼 귓가에 내려앉는다 안내원 동무 접대원 동무 홍(洪)
동무 박(朴) 동무, 하고 나도 동무라는 말을 발음하면서 새
를 공중에 띄워 올려본다 감히 동무, 해보면서 동무, 해서는
안 되는가 동무, 해도 되는가 잠시 고심한다 그러다 동무,
해도 되겠군, 생각한다 동무는 술 취한 총구였지 침묵의 서
약서였지 들여다보면 빨려들어가 죽는 연못이었지 그래서
나는 동무를 벽장에 넣어두거나 사진첩의 눈썹 밑에 숨겨두
었다 꺼내 보면 상처에서 뱀이 기어나올 것 같아서 나는 심
심하면 동무 대신 친구를 불렀고 삼촌들은 군에 가서 친우
에게 편지를 썼다 그리하여 동무라는 말을 잃었고 그러고
나서 동무를 잃었다 말을 잃으니까 말뚝을 잃게 된 거지 말
구루마를 몰던 아버지의 동무는 육이오 때 인민군들을 보
았다 했다 동무들 조심하라우, 하면서 호박순이 다치지 않
게 행군하는 걸 보았다고 했다 오래 몰던 말이 죽자 아버지
의 동무는 트럭 운전수가 되었다 그는 말을 잃었고 아버지
는 동무를 잃었다 오늘은 사월, 평양 거리는 천지간에 살구
나무다 연분홍 동무 꿀벌 동무 향기 동무 새소리 동무 들을
발음하면 말 속에 입 냄새 좋은 살구꽃 피겠다

말뚝

말뚝은 땅속에 머리를 처박고 있는 것인가 땅속에서 지상으로 한 자 남짓 손목을 불쑥 뻗어 흔들고 있는 것인가 과연 말뚝에도 꽃이 필 수 있을 것인가

말뚝을 볼 때마다 그 궁금증이 해결되지 않았다 그래서 어릴 적에는 다이빙을 하면서 물속으로 온몸을 꽂아넣어 본 적 있고 물속에서는 그녀를 향해 여기, 여기, 하며 잘난 체 손을 흔들어보기도 하였다 땅속에 나를 심는 일은 두려웠으므로

괜히, 말뚝에다 깃발을 내다 걸 수 있어야지 원, 말뚝을 뽑아 오케스트라의 지휘봉으로 쓸 수도 없는걸 하고 투덜거렸다 말뚝은 고요하고 엄정했다 지구의 심장박동 소리를 듣기 위해 누군가 청진기를 갖다 대고 있는 것 같았고 별의 운행을 기록하기 위해 망원경을 고정시켜놓은 것 같았다

옛날에는 말뚝이 봉놋방 주모의 기둥서방이었으나 비유의 시절이 다하자 내 친구 말뚝 하사 장(張)하사한테 말뚝은 최저생계비였다 그러다가 말뚝은 한때 투기꾼의 하수인이었다 말하자면 제 영역을 표시하는 고양이의 오줌 같은 것이었다

지금 말뚝은 똥구멍이 예쁜 흑염소들의 탁아소 보모다 매

일 아침 아장아장 걸으면서도 애햄, 헛기침하며 출근하는 염소들을 묶어 빙빙 돌리며 놀아주다보면 해가 이마에 손을 얹고 노곤해진다 말뚝과 염소의 거리며 해와 나와의 거리를 셈해보게 된 건 최근의 일이다

　하여, 나도 이제 나뭇잎을 몸에서 다 떼어내고 말뚝이 되고 싶은 거다 눈송이의 의자가 되고 싶은 거다 흰 눈으로 만든 모자를 쓰고 변두리 흑염소네 집도 쫄랑쫄랑 따라가보고 싶은 거다 그때 너도 함께 가겠니?

원추리여관

왜 이렇게 높은 곳까지 꽃대를 밀어올렸나

원추리는 막바지에 이르러 후회했다

꽃대 위로 붉은 새가 날아와 꽁지를 폈다 접었다 하고 있었다, 원추리는

어쩔 수 없이 방을 내어주고 다음달부터 여관비를 인상한다고 똑 부러지게 말하지 못했다

멀리서 온 것이나 키가 큰 것은 다 아슬아슬해서 슬픈 것이고

꽃밭에 널어놓은 담요들이 시들시들 마르는 소리가 들렸기 때문이다

가을이 되면 어린 잠자리들의 휴게소로 간판을 바꾸어 달아도 되는지 면사무소에 문의해볼까 싶었지만

버스를 타고 올라오기에는 너무나 멀고 낡은 집이어서 관두기로 했다

원추리 꽃대 그늘이 흔들리다가 절반쯤 고개를 접은 터였다

등

  내 눈 밑으로 열을 지어 유유히 없는 길을 내며 날아가는
기러기 떼를 내려다본 적 있다, 16층이었다

  기럭아, 기럭아
  나 통증도 없이 너의 등을 보아버렸구나
  내가 몹시 잘못했다

배꽃

배꽃 속에 흑염소들이 몇 마리 살고 있다
뿔은 서로 떠받을 일이 없어 말랑말랑하고
엉덩이는 누구를 향해 실룩거려보지 않아 볼그족족하다
가족끼리 영 재미없는 고스톱을 치는 것도 같고
배꽃천주교회에서 미사를 보며 묵상중인 것도 같다

그런데 올봄에 꽃잎 속의 흑염소들이 싸우는 것을 본 적
있다
하늘을 윙윙 나는 비행기의 조종사들이 파업을 하자
불임의 배나무를 위해 과수원 여주인은
수정을 시키는 거라 했다 이래야 애가 생겨요, 했다
정말 환한 통증 같은 꽃잎에 혈흔이 묻어 있었다

나는 배나무 과수원을 돌아나오며
흑염소들을 위해 옛 시인의 시 한 수를 가만히 읊었다
다정도 병인 양하여 잠 못 들어하노라

연꽃 구경

아픈 새끼 데리고 먼바다 의원(醫院) 가는 어미 고래 보
러 가자

엄마, 내 등에도 물뿌리개를 꽂아줘요, 칭얼대며 매달리
는 새끼 고래 보러 가자

편작(扁鵲)의 처방전으로도 못 고치는 병을 얻었거든 덕
진 연못 연꽃 구경 가자

연꽃 향기와 나 사이에 가는, 가는 줄을 놓자

연꽃 향기와 몰래 내통하는 바람처럼 아득해지자

아득해져야 낫는 병이 있어 먼바다, 먼바다 가는 고래 떼
처럼

두더지

나는 다시금 두더지네 집으로 빚을 얻으러 가야겠다
그들의 곳간에는 지렁이의 명아줏대 지팡이가 즐비하고
비가 오면 쥐며느리의 황금 요강으로 빗물을 받아 발을
씻는다 한다
보기 싫은 것을 보지 않기 위해 그들은 땅속에서도
두 눈에 안대를 하고 다닌다 빛을 경배하는 교도들을 피해
굴속으로 들었다가 그 갱 속에서 땅강아지의 값비싼 비
단 치마와
달팽이의 탐험 모자를 채굴해 거부가 되었다고 한다
한때 포클레인을 끌고 온 토목업자들과 119구조대가 동
업하기를 원했지만
그들은 삽을 들고 온 고고학자를 택했다 엉뚱함의 힘이
그들 것이다
두더지네 집으로 들어가자면 우선 어깨를 동그랗게 말고
빛을 등지고 손톱을 삽날처럼 펼치고 땅을 긁어야 하겠지
그러면 나는 코도 입도 뾰족해져서 잠시는 서러워지겠다
지상에 없는 길을 내다가 떠난 파르티잔이 모처럼 그리
워지겠다
햇빛아, 너는 배배 꼬인 다래넝쿨 아가씨의 머리나 빗겨
주고 살아라
나는 뽕나무 뿌리에 난 여드름을 짜주며 일생을 소비해
야겠다

탁란

흑염소 엉덩이 위에
눈송이 부부가 둥지를 틀었다
알을 낳을 모양이다

이때부터 흑염소는 뿔을 자주 쫑긋거렸다
풀은 가려 먹었고 멀리 출타하지 않았으며
밖에서 함부로 교접하지 않았다
분홍빛 항문을 오므려 바람의 출입을 막았다

흑염소가 품고 있는 알은
뻐꾸기 눈물방울만했다
아이 울음소리가 새어나올지도 모른다

겨우내 다른 눈송이들이 찾아와
부부와 알의 안부를 물었다
흑염소는 솔가지와 숯으로 금줄을 길게 만들어 걸었다

몽유도원도

두꺼비가 바위틈에 숨어 혼자 책 읽는 소리
복사꽃들이 가지에 입술 대고 젖을 빠는 소리

버드나무 잎사귀는 물을 밟을까봐 잠방잠방 떠가고
골짜기는 물에 연둣빛 묻을까봐 허리를 좁히네

눈썹 언저리가 돌처럼 무거운 사람들아
이 세상 밖에서 아프다, 아프다 하지 마라

산은 높아지려 하지 않아도 위로 솟아오르고
물은 깊어지려 하지 않아도 아래로 흘러내리네

고양이

　멀리서 우는 소리는 쥐를 놓치고 서러워하는 가야금 소리 같고 가까이에서 우는 소리는 입술에 묻은 피를 닦는 통절의 칼집 소리 같다 앞발은 호미 같고 뒷발은 쟁기 같다 돌담을 뛰어넘을 때의 꼬리는 달빛 같고 마루 밑에서 봄볕을 쬐는 등뼈는 읍사무소 공무원의 어깨 같다 때로 쫑긋거리는 귀는 묵은 밭에 올라오는 원추리 새순 같고 푸른 눈은 물고기 없는 연못 같다 수염은 바늘 같고 콧구멍은 바늘귀 같다 털은 저녁 구름을 벗겨 지은 금사단 당의 같다

노점(露店)

    길가에 조성된 꽃밭의 꽃들이란 다 노점 같은 것이어서 수
건으로 얼굴 까맣게 가리고 공공근로 나온 노인이 호미 하
나로 차려놓은 노점 같은 것이어서 뭐 하나 팔아줄 게 없나,
하고 잠깐 허리를 숙여보지만 어쨌든 채송화 같은 것이어서
길가의 소란이란 소란을 다 꼬깃꼬깃 접어 삼키느라 팔다리
가 통통하게 부은 채송화 같은 것이어서 태연하게 이슬 로
(露) 자를 앞세워 달고 있는 것들은 서러운 것들이어서 문
이 없는 꽃의 점방에 가을이 오기 전에 바람의 철거반이 들
이닥치기 전에 이미 노점은 자진 철거의 수순에 들어간 것
이어서 나는 다만 꽃의 내부에서 자지러지던 향기와 햇볕이
약탈해간 물기를 생각해보지만 내가 쓰는 몇 줄의 손수레
같고 가설 점포 같은 시가 바로 노점 같은 것이어서

축구공

　내 축구공을 하나 갖는 게 소원이었으나 남의 축구공만 차고 놀았다 내가 남의 풀밭에서 뛰어놀 때 아버지는 남의 밭을 삼천 평이나 부쳤다 축구장을 하나 만들고도 남았다 아버지는 골대를 세우지 않았다 아버지는 수박을 키웠고 나는 축구공을 뻥뻥 찼다 수박을 뻥뻥 찼다 둥근 수박이 입을 벌려 축구화를 받아주었다 붉은 물이 축구화를 적시더니 수박 넝쿨이 나를 휘감았다 나는 아버지의 발등으로부터 멀리 달아나야 했다 아버지는 골키퍼처럼 나를 길게 걷어찼다 나는 외로웠으나 혼자여서 행복했다 나는 풀밭의 허리를 두드리는 축구공이었지만 풀밭으로 스며들지는 못했다 풀밭이 아무리 넓어도 축구공을 심을 수는 없다 축구공은 바늘 자국이 바늘 자국을 찔러야 실밥 자국이 실밥 자국으로 이어져야 축구공이 된다는 걸 알게 된 오늘 문득 축구공의 고향을 생각해본다 파키스탄 펀자브 시알코트라 했다

연륜

　도로 공사 현장에서 오래된 목관(木棺)이 발견되었다 죽음을 담았지만 죽음은 흔적도 없이 사라진 텅 빈 관이었다 이 관을 어떤 종류의 나무로 짰는지 나는 알아내야 했다 부스러지기 직전의 나무 절편 하나를 떼어냈다 마치 나무가 손톱 하나를 깎아 내게 건네주는 것 같았다 나무의 손톱을 가져와 증류수로 깨끗이 씻은 다음, 비듬처럼 얇게 저몄다 그때까지만 해도 현미경으로 나무의 조직을 관찰해서 나무의 종이나 속 정도를 밝히는 임무만 다하면 된다고 생각하였다 연구는 순조롭게 진행되어 사흘 만에 수종이 판명되었다 나이테의 경계가 촘촘하고 명확하며 나선무늬를 가지고 있는 것으로 봐서 상록침엽교목인 주목과의 비자나무가 분명하였다 수령은 이백 년 가까이 되며 일천삼백 년 전에 살았던 나무였다 이 연구의 과정과 결과를 정리해서 학계에 보고하면 이번 작업은 마무리될 것이었다 나는 확실한 성과 보고서를 작성하기 위해 며칠 동안 수십 차례 현미경 안을 들여다보았는데 수액이 이동하는 통로인 물관부와 나뭇진 구멍에서 참으로 이상한 징후를 발견하였다 비자나무는 따뜻한 남쪽 해안에서 자라는 성장이 매우 더딘, 오래도록, 치밀하게 살다 가는 나무인데, 놀랍게도 지금까지 알려진 비자나무의 북방한계선 위쪽의 기후를 몸 안에 품고 있었다 얼음처럼 차가운 햇빛을 다량으로 함유하고 있는 것으로 확인이 된 것이다 게다가 이 비자나무의 생장 후반기에 적설량 오십 센티미터가 넘는 폭설이 여러 번 지나가고, 태양의

전깃불이 두 차례 까닭 없이 꺼지고, 포유류 영장목 긴꼬리
원숭잇과 동물의 울음소리가 나무에 아로새겨진 근거가 포
착되었다 보통 일이 아니었다 죽은 비자나무가 죽음 이전
의 시간을 낱낱이 기록하고 저장해두고 있는 것을 보고 나
는, 나는 누구인가, 나는 누구인가, 나에게 자꾸 물으면서
이 목관 속으로 들어갔다가 빠져나간 이의 작은 키와 검은
눈썹과 발소리가 지금의 나를 쏙 빼닮았을 거라고 생각한다

나비의 관정(管井) 공사 기술에 대한 보고서

　나비의 몸속에는 보이지 않는 배관이 있다 그 배관의 길
이와 펌프의 용량은 꽃대의 길이와 비례한다 꽃잎 속의 지
하수량과 꽃대의 길이가 나비의 능력을 만들었다는 설도 있
지만 확인이 불가능하다 꽃잎 속에 만만찮은 암반이 도사리
고 있을 때 나비는 오래 꽃을 떠나지 않는 습성이 있다 암
반 속에도 연못이 찰랑거릴 수 있다는 것을 나비는 알기 때
문이다 다만 유채꽃이 수십만 평 흐드러져도 정착하지 못하
고 국외 망명자처럼 떠도는 나비들이 많다는 건 큰 문제다
저 소음도 흙탕물도 없는 관정 공사 기술이란 지구상에 거
의 유일무이한 탓이다

찔레꽃

봄비가 초록의 허리를 몰래 만지려다가
그만 찔레 가시에 찔렸다

봄비는 하얗게 질렸다 찔레꽃이 피었다

자책, 자책하며 봄비는
무려 오백 리를 걸어갔다

폭

바다의 폭이 얼마나 되나 재보려고 수평선은 귓등에 등대
같은 연필을 꽂고 수십억 년 전부터 팽팽하다

사랑이여
나하고 너 사이 허공의 폭을
자로 재기만 할 것인가

익산고도리석불입상(益山古都里石佛立像)

내 애인은 바위 속에 누워 있었지
두 손 가슴에 모으고 눈을 감고 있었지
누군가 정(釘)으로 바위의 문을 두드리는 소리 들렸지
내 애인은 문을 밀고 바깥으로 걸어나왔지
바위 속은 환했지만 바깥은 어두웠지
내 애인은 옛날부터 나를 알아보지 못했지

가마우지

해안선을 잘 엮어서 어머님께 보여드리자

밤새 젖은 모래톱 한 두름 꾸덕꾸덕하게 말려 굽고
시끄러운 파도 소리 살짝 볶아 쟁반에 담아서
어머님의 서러운 아침 밥상에 올리자

해안선을 올리자 어머님을 위하여
허공을 깎아 만든 절벽의 집으로도 가지 못하고
바다의 밑바닥으로도 이제 갈 수 없는
검은 해안선에 몸이 감긴 어머님

최대한 목을 길게 빼고
가마우지, 가마우지 공중에서 울자

벚꽃

코끼리가 간밤에 벚나무에 몸을 비비고 떠난 뒤에 벚나무
는 연분홍 코끼리 새끼들을 낳았다 이 기이한 착종에 의해
태어난 코끼리들은 울지 않았다 벚나무의 한숨이 십 리 밖
까지 번졌다

이 소식을 듣고 맨 처음 달려온 것은 수의사와 식물학자였
다 그러나 그들은 둘러앉아 화투 패를 맞추었고 몇 순배 흰
술잔을 돌렸다 벚나무의 저고리 고름이 붉어졌다

어린 코끼리들의 양육이 부담스러웠을까 석유 삼키듯 자
신을 탕진하고 싶었을까 아무도 세상을 무거워하지 않는데
벚나무 혼자 가지 끝이 찌릿찌릿 저렸다 바람이 불지 않았
는데 통증이 가지를 마구 흔들었다

그 순간, 어린 코끼리들이 벚나무의 사생아처럼 나무에서
뛰어내렸다 식물학자는 하강 속도가 초속 오 센티미터라고
짧게 기록했다 수의사는 삶이 삶을 벗어버리는 따뜻하고 슬
픈 속도에 취해 청진기를 꺼낼 수 없었다

봐라, 벚나무 아래 뿔뿔이 돛대도 아니 달고 떠나는 저 어
린 코끼리들의 정처 없는 발자국 좀 봐라

배꼽

도대체 배꼽을 왜 뱃가죽에 붙들어 매어둔단 말인가?
그 환한 이마에 턱 붙여놓으면 안 되나?
그 부지런한 손등에 좀 붙여놓으면 안 되나?

어릴 적에 나는 배꼽 속에 아기 염소를 묶어
오랫동안 사육하는 노인이 살고 있다고 생각했다
배꼽 둘레를 따라 염소가 뱅뱅 돌던 자리
꼬질꼬질한 주름이 자글자글했으니까

내 조국은 이십대의 배꼽을 가리려고 군복을 입혔고
나는 제일 늦게 마르는 습지의 울먹이던 웅덩이를 삽으
로 메웠다
그러다가 꽃에도 배꼽이 있나, 살펴보는 직업을 갖게 되
었다

몸 바깥으로 나가지도 못했다
몸 안으로 들어가지도 못했다
배꼽처럼 살았다

오늘 신원 마을 모정(茅亭)에 드러누워
배꼽으로 달려드는 파리를 휘휘 쫓다가 알았다
내가 배꼽을 달고 있는 게 아니었다
배꼽 끝에 달린 마대 자루가 바로 나였다

언제까지 배꼽을 파먹으며 삶을 영위할 것인가?
그러니 부디 배꼽을 풀어주자, 배꼽을 풀어주자

송찬호 형네 풀밭에서

풀들이 농활을 나왔어요. 애기똥풀은 노란 밀짚모자 눌러 썼고요, 강아지풀은 반바지 입고 슬리퍼를 신었고요, 쑥부쟁이는 배꼽 빤히 보이는 청바지 입고 왔어요. 깃발 앞세우고 버스를 대절해 서울에서 왔어요. 노인들은 마을 출입을 허용하지 않았어요. "빨갱이 운동권 놈들!" 노인들은 광에서 녹슨 제초기를 꺼내왔어요. 농활대는 마을 안으로 들어가지 못하고 인근 초등학교 운동장에서 회의를 열었어요. 며느리밑씻개풀이 나섰어요. "투쟁! 우리가 앞에서 스크럼을 짤 테니 밀고 갑시다!" 달맞이꽃이 말렸어요. "아예 이곳에 연좌해 밤새 달빛을 탐독합시다!" 격론 끝에 단과대학 별로 역할을 나눴죠. 인문대의 토끼풀 사서들은 차곡차곡 잎을 정리해 이동 도서관을 개관하기로 했어요. 공대의 다래넝쿨 전력 팀은 오래된 낡은 별을 연결해 전기를 끌어오기로 했어요. 음대의 억새 합창단은 청개구리들 중에 음치를 골라내 노래 교실을 열고요, 한의대의 질경이풀 의료단은 두통과 혈뇨증이 심한 풀벌레들을 먼저 조사하기로 했어요. 그리고 농대의 멋진 들콩 주조 연구원, 이슬을 똑똑 따와서 술을 담그기로 했어요. 그때였어요. "꼬투리를 잡았다!" 앞강의 메기 잠수함과 뒷산의 부엉이 정보경찰은 상부에 바삐 무전을 쳤죠. "풀밭의 풀들, 음주 후 난동 예상!"

문경 옛길

가파른 벼랑 위에 길이, 겨우 있다

나는 이 옛길을 걸으며 짚어보았던 것이다
당신의 없는 발소리 위에 내 발소리를 들여놓아보며 얼마
나 오래 발소리가 쌓여야 발자국이 되고 얼마나 많은 발자
국이 쌓여야 조붓한 길이 되는지

그해 겨울 당신이 북쪽으로 떠나고
해마다 눈발이 벼랑 끝에 서서 울었던 것은,

이 길이, 벼랑의 감지 못한 눈꺼풀이기 때문이라고
생각해보았던 것이다

덕진 연못의 오리 배를 훔칠 수 있다면

뭍으로 끌어올려야 하겠지. 팔뚝 굵은 제자들 몇 급히 불러
얼음에 갇힌 저 오리를 구해줘야겠다, 하면 꽁무니야 빼
려고.

오리 배에게 대뜸 상륙하라는 명령을 내리고도 싶지만 나는
밧줄 묶어둔 주인도 아니고, 발가락의 물갈퀴를 떼어내
고 내장 속에

페달을 장착한 일을 그가 후회스러워할 것 같아. 신속히
트럭을 불러 실어야지. 눈이라도 내려 인적 드물고 눈발이
장막을 쳐준다면 더할 나위 없이 좋을 터. 저 오리 배,

언제 한번 날아올라보기를 했나, 연못 바깥을 헤엄쳐보
기나

했나, 뒤뚱뒤뚱 풀밭 위를 걸어보기나 했나.

햇볕 양명한 날은 노동을 착취당하는 서러운 비정규직,
영업 시간 끝나면 깊고 어두운 물 위의 잠. 내가 널 훔치
는 게 아니야,

생의 해방이야, 속삭이면서 전주천 용산다리 아래로 데
리고 가지.

그곳 얼음장이 얼마나 두꺼운지 발로 쿵쿵 울려보고 오
리 배에

올라타는 거야. 오리 배를 오리 썰매로 만드는 상상력이
이 세상을 끌고 가는 거야. 암, 여기가 아닌 저기가 바로
시의 나라인 거야. 나는 단숨에 미끄러져 만경강에 당도
하여

삼례 비비정 아래 강기슭에 배를 터억 갖다 대지. 물가에 ─
쉬고 있던

청둥오리들이, 혹은 비오리들이 꾸역꾸역, 꽥꽥 몰려들어

와, 오리의 왕이 나타나셨다! 환호하고 또 작약하겠지.
오리 떼를

이끌고 서해로 가는 거야. 썰물처럼 한반도를 벗어나는
거야.

동지나해를 지나 인도양을 거쳐 지중해로 항해할 것인지,

현해탄 쪽으로 방향을 틀어 태평양을 건널 것인지 나는
이 겨울

당신하고 상의하고 싶어. 덕진 연못의 오리 배를 훔칠 수
있다면.

─

영산홍

꽃들이 일 년에 한 번씩 동창회를 연다는 건 누구나 알고 있지만

남쪽에서부터 점차 북상하며 열리는 동창회 일정을 언론이 해마다 보도하기는 하지만

이를테면 오동도의 동백, 광양의 매화, 구례의 산수유처럼 저명한

적어도 입에 풀칠할 만한 종들은 저마다 버스 정류장 앞에 현수막을 요란하게 내건다는 것도 알지만

모교의 발전과 은사님과 만남, 그리고 친목 도모라는 목적 이외에

이사 갈 아파트의 평수, 타고 온 승용차의 배기량, 남편의 지위와 경제력을 과시하기 위한 자리라는 것도 모르는 바 아니지만

사업과 연애를 위한 비즈니스가 노래방에서 은밀하게 이뤄진다는 것도 잘 알지만

하나같이 푸른 치마를 입고 하나같이 꽃술 귀고리를 찰랑거리는 영산홍,

영산홍이 꽃의 소실댁이라는 것을 아는 사람은 별로 없다

평생 안방에 들지 못하고 마당귀에 낮게, 최대한 낮게 둘러앉아 마루 끝만 바라보다가

끝내는 눈가가 짓물러지는 영산홍 봄날의 동창회를 아는 사람도 없다

모처럼 축사하러 온 나비 은사님이 넥타이만 매만지다 짠
해져서 먼저 귀가하는 이유를 아는 사람은 거의 없다

극진한 꽃밭

봉숭아꽃은
마디마디 봉숭아의 귀걸이,

봉숭아 귓속으로 들어가는 말씀 하나도 놓치지 않고
제일 먼저 알아들으려고 매달려 있다가
달랑달랑 먼저 소리를 만들어서는 귓속 내실로 들여보내
고 말 것 같은,
마치 내 귀에 여름 내내 달려 있는 당신의 말씀 같은,

귀걸이를 달고 봉숭아는
이 저녁 왜 화단에 서서 비를 맞을까
왜 빗소리를 받아 귓불에 차곡차곡 쟁여두려고 하는 것
일까

서서 내리던 빗줄기는
왜 봉숭아 앞에 와서 얌전하게 무릎을 꿇고 앉는 것일까
빗줄기는 왜 결절도 없이
귀걸이에 튀어오른 흙탕물을
빗방울의 혀로 자분자분 핥아내게 하는 것일까

이 미칠 것 같은 궁금증을 내려놓기 싫어
나는 저녁을 몸으로 받아들이네

봉숭아와 나 사이에,

다만 희미해서 좋은 당신과 나 사이에,

저녁의 제일 어여쁜 새끼들인 어스름을 데려와 밥을 먹
이네

사다리와 숟가락

아버지가 사다리를 만들고 있었다.
이 사다리를 타고 지붕으로 올라가 보름달을 따주마.
그때부터 나는 매일 밤 늑대처럼 언덕 위로 달려가
달이 둥그렇게 떠오르기를 기다렸다.
복숭아 같은 달이 뜨면 숟가락으로 퍼먹어야지.
내 입가로 어둠의 단물이 줄줄 흘러내렸고
그러다가 어느 날 갑자기 눈알이 새빨개졌다.
아버지는 사다리를 완성하지 못한 채 병이 들었다.
나는 빈 숟가락을 흔들며 혼자 소리쳤다.
이 움푹한 것으로 도대체 무얼 하라는 말인가요.

달의 복숭아를 몰래 야금야금 퍼먹는
어떤 아이가 있다는 것을 학교에서 배웠다.
달을 먹여달라고 그 아이가 보채며 입술을
아, 아, 하고 벌렸으므로 그 아이의 아버지는
입술을 본떠 알맞은 숟가락을 만들어주었을 것이다.
그리고 사다리를 타고 멋지게 지붕으로 올라갔으리라.
수천 개의 달이 복숭아나무 가지마다 주렁주렁 매달려 있는
그 아이네 집에서 달을 갉아먹는 벌레라도 되고 싶었다.
아버지가 꿈속에서 복숭아나무 가지를 꺾어 나를 때렸다.
나는 그믐의 눈썹처럼 어두워져 서글피 울었다.

그리하여 움푹한 숟가락으로 매일 국물을 떠먹으면서도

내 숟가락은 망했다고 생각하고 살아왔다.

때로는 빈병에 꽂으면 마이크가 되고 술상을 두드리면

북채가 되는 숟가락을 내 아이의 손에 쥐여줄 때가 되었다.

아이가 칭얼거리기 전에 우선 사다리부터 만들어야 한다.

그런데 참으로 희한한 일로 하여 나는 조바심을 내고 있다.

요즘 아이들 그 누구도 달을 따달라고 하지 않는다는 것

이고

또 나부터 지붕에 오르는 일을 두려워하고 있다는 것이다.

멸치가 마르는 시간

멸치가 마르는 시간 바다는 잠잠하였다
멸치가 마르는 시간 그물은 멸치를 잊었다
멸치가 마르는 시간 법원과 학교가 세워졌고
멸치가 마르는 시간 법원의 새로 칠한 페인트는 꾸덕꾸
덕해졌고
멸치가 마르는 시간 학교 아이들의 검은 눈동자는 하얗
게 바랬다
멸치가 마르는 시간 철교의 허리가 뒤틀렸고
멸치가 마르는 시간 장미의 눈빛은 딱딱해졌다
멸치가 마르는 시간 모든 고립은 해방이 되고
멸치가 마르는 시간 모든 초원은 감옥이 되었다
멸치가 마르는 시간 바람의 전쟁이 터졌다
멸치가 마르는 시간 해일이 낮게 엎드려 해안으로 밀려
왔다

시집

　어탕 국수를 만들기 위해 물고기 배를 따는 것은
　그들이 평생 단 한 번도 벗지 않았던 옷을 벗기는 일

　속을 들여다보면 요지경이다 창자의 길이가 일만오천 자
나 되는 물고기도 있고 부레의 크기가 황소 하품만한 물고
기도 있고 간의 두께가 나비의 날개처럼 얇은 물고기도 있
다 지느러미 끝에 창을 꽂아 내 손톱 속을 찌르는 물고기도
있고 뱃속을 다 훑어냈는데 꼬리로 냄비 바닥을 치는 물고
기도 있다

　나는 사다리 내리고 물속을 들어가볼 엄두도 내지 못하
였으나
　그들은 한 시절 남달랐다 그들은 연못을 뚫는 은빛 총알
이었고
　밑바닥을 떼로 모여 다니는 버드나무 잎사귀였다
　그들은 사상 검열의 그물에도 걸리지 않던
　수면을 찢어 붉은 깃발로 만들고 싶어하던 어족들

　하여 나는 시래기를 양념에 버무리고 마늘을 다져넣고 어
탕을 끓이면서
　뜨겁고 매운 연못을 한 그릇씩 들이켜던 식성 좋은 입들
을 서러이 그리워한다

펭귄

펭귄 중에 발등에 새끼를 얹어 키우는 종이 있다는 말을 듣고 나서부터였다, 그때부터 내 발등이 무장 따뜻해지고 있었는데

만경강 둑길로 퇴근하는 중이었다, 낯선 새 한 마리가, 순간적으로 저것은 펭귄의 새끼다 싶어 속도를 줄이는데, 새 한 마리가 되뚱되뚱 차바퀴 쪽으로 다가오는 걸 보고, 황급히 차를 세우고 후진 기어를 넣었다, 그까짓 새 한 마리 때문에 난생처음 후진하는 기록을 세우고 있는 내가 장하게 여겨졌다

다행히 그것이 강변 풀숲 쪽으로 쪼르르 걸어가는 걸 보고, 다시 앞으로 나아가려는데, 그것이 이 세상에 대해 아무것도 모른다는 듯이 차를 향해 철없이 비적비적 달려드는 것이었고, 급기야는 시야에서 사라지고 만 것

나는 펭귄을 죽였다, 나는 있는 대로 클랙슨을 누르며 급정지한 뒤 차창 밖을 내다보았으나, 그것이 보이지 않았다, 강물이 새파랗게 뒤척이고 있었다, 나는 더이상 시를 쓸 수 없는 실패한 시인으로 살아갈 것 같았다

그리하여 나는 다시 후진 기어를 넣고 뒤로 물러섰다, 그랬더니 그것은 길 한복판에서 날개를 몸에 바짝 붙이고 오도 가도 못하고 웅크리고 있는 것이었다, 그렇게 어물거리

는 사이 날은 어둑어둑해지고 있었고

　내 뒤를 바짝 따라오던 소형 트럭이 추월을 시도할 것 같
았다, 트럭 뒤에는 불 켠 승용차들이 꼬리를 물고 있었고,
나는 비상등을 켜고 차에서 내려 후여후여, 소리를 질러 그
것을 길가로 물러나게 한 다음, 간신히 그것을 피해 불빛이
있는 집으로 돌아와 밤을 맞이하였다

　아아, 조류도감을 꺼내 물닭과 논병아리와 쇠뜸부기를 찾
으며 생각한다, 그것은 어쩌다가 이 지경의 이 세상에 왔을
까? 그것은 남극으로 돌아가 어미 발등을 타고 앉아 있을
까? 한편, 내 뒤를 따라오던 트럭 운전사는 무사히 집에 도
착했을까?

비켜준다는 것

둥굴레 새싹이
새싹의 대가리 힘으로
땅을 뚫고 밖으로 고개를 내민 게 아니다

땅이 제 몸 거죽을 열어 비켜주었으므로
저렇드키, 저렇드키
연두가 태어난 것

땅이 비켜준 자리
누구도 구멍이라 말하지 않는데
둥굴레는 미안해서 초록을 펼쳐 가린다

포도밭

눈발 속을 기어가는 저 포도 줄기들,
마른 덩굴손 꼭 감아쥔 채 떼어내지 못하고
포도시 앞으로 배를 밀고 나아가는
저 허공의 포복,
더듬더듬 포도밭을 건너가는
저 줄기들이 맹인이라면
이곳은 눈 내리는 맹청(盲廳)이겠다
발자국도 없이 두런두런 모여
꿈틀거리는 포도 줄기들,
나는 맹인들이 일으키는 해일을 안다
검은 눈망울의 폭풍우가
포도밭 너머 전국 곳곳으로
번지게 되는 날을 안다

노숙(露宿)

양말 한 켤레를 빨아
빨랫줄에 널었다 양명한 날이다
빨랫줄은 두말없이 양말을 반으로 접었다
쪽쪽 빨아 먹어도 좋을 것을
허기진 바람이 아, 하고 입을 벌려
양말 끝으로 똑똑 듣는 젖을 받아먹었다
양말 속 젖은 허공 한 켤레가
발름발름 호흡을 하기 시작했다
바지랑대 끝에 앉아 있던 구름이
양말 속에 발목을 집어넣어보겠다고 했다
구름이 무슨 발목이 있느냐고 꾸짖었더니
원래 양말은 구름이 신던 것이라 했다
아아, 그동안 구름의 양말이나 빌려 신고 다니던 나는
차마 허공이란 것을 알게 되었다

초승달과 바구지꽃과 짝새와 당나귀가 그러하듯이

당신의 그늘을 표절하려고 나는 밤을 새웠다

저녁 하늘에 초승달이 낫을 걸어놓고 모가지를 내놓으라
하면 서쪽으로 모가지를 내밀었고, 달빛의 헛구역질을 받아
먹으라고 하면 정하게 두 손으로 받아먹었다

오직 흔들리는 힘으로 살아가는 노란 꽃의 문장을 쓰다가
가늘게 서서 말라가도 좋다고 생각한 것은 바구지꽃이 피
는 유월이었다

내 사랑은 짝새의 눈알만큼만 반짝이는 것이었으나, 그러
나 내 사랑은 또한 짝새가 날아가는 공중의 높이만큼 날개
아래 파닥거리는, 사무치게 떨리는 귀한 것이었다

그러므로 이제 나는 저 재바른 차를 폐차시키겠다, 귀가
순하고 소심한 노구의 당나귀나 한 마리 사서 한평생 당신
을 싣고 다니는 게으른 노역이 주어진다면 쾌히 감당하겠다

눈썹이 하얗게 센 뒤에 펜을 잡고 한 줄을 쓰고, 열두 밤
을 지나 그다음 문장으로 건너간다고 해도

가을밤의 풀벌레 소리

풀벌레가 다른 풀벌레 소리 위에 자신의 소리를 한 겹 얹기 위해 우는 게 아니었다 한 소리에 다른 소리를 꿰매어 잇대려고 우는 것도 아니었다 풀벌레는 화전민의 삶의 방식을 선택했다

풀벌레는 입에 물고 있던 풀숲을 펼쳐 풀잎을 만들고, 각자 손수 지은 풀잎의 처마와 내 귀 사이에 소리를 슬어놓느라 분주했다 울음이 불씨이므로 머지않아 풀숲은 화염에 휩싸이게 될 터 그래서 나는 풀벌레는 무너지기 위해 운다, 라고 쓴다

구름 한 점 없는 밤마다 풀숲에 자지러지던 별들은 떠났다 이제 별들과 풀벌레는 교접하지 않는다 별들이 풀밭에 설치했던 보면대(譜面臺)를 별자리라고 우기며 운명을 맡기는 자들이 아직도 세상에는 많다 땅에서 풀벌레가 울고 하늘에서 별이 운다고 믿던 단결과 연대의 시절은 분명히 갔다 나도 자주 아프면서 나이를 먹었다

그리하여 손톱에 박힌 가시와 수많은 잔소리들, 이별 직후의 쓰라림이 왜 풀벌레 소리를 내는지 이유를 조금 알게 되었을 뿐, 가을밤의 풀벌레가 불도 켜지 않고 왜 모두 다른 빛깔로 우는지 아직은 알지 못한다

바라건대 우리 동네에는 풀벌레 우는 소리를 들으며 오케스트라의 연주와 악보를 떠올리는 아이들이 부디 없었으면 좋겠다 얘들아, 풀벌레 소리를 까마중 따먹듯이 따먹어다오 너희가 폐허에 숨은 음표잖니? 풀벌레 소리만 듣고도 그 풀벌레가 경작하는 풀잎을 그려 나에게 보여다오

능소화

능소화의 몸이 뜨거운 것은
죽자 사자 부여안고 다리에 다리를 걸쳐 휘감는 게
최대한의 사랑인 줄 알기 때문이다

햇빛 속에서도 햇빛을 잡아당기지 않고
이마에 여러 개의 헤드랜턴을 켠 능소화에게
환한 대낮 따위는 없다
동굴의 그림자만 있을 뿐

내려놓을 줄 모르는 저 넝쿨의 무한대의 열망 덕분에
여름날 인근 마을 꽃들은 일찍 불을 끄고 잔다
그때 능소화는 몸속의 혀를 꺼내
어머니의 빈 젖을 핥아 먹는다

능소화가 입 냄새를 슬슬 풍기는 저녁
뼛속에 구멍이 송송 난 적막한 어머니가
아랫도리를 오므리며 말했다

  애야, 나는 죽은 나무다 죽은 나무여서 나는 제국의 호적(戶
籍)에서 지워졌다 나는 자궁이 없다 자궁이 없어 네가 웅크리
고 잠잘 방이 없단다

『靑莊館全書』를 읽다가

다리 부러진 꿩은 松津을 바르면 接骨이 되고, 벌에 쏘인 거미는 土卵 줄기를 씹어 그 물을 바르면 낫고, 쥐가 砒霜에 中毒되면 便所에 급히 들어가 똥물을 먹으면 깨어난다고 하였다

이 册을 읽고 뼈가 단단해진 꿩은 이후 솔숲을 더욱 사랑하게 되었고, 거미는 土卵 잎사귀 아래서 실 잣는 일로 生業을 삼으며 幸福하게 살았다 그리고 쥐는 露宿 같은 건 싫다며 便所 흙벽에 穴을 파고 들어가 살았다

그런데 累代에 걸쳐 눈치만 보며 살 수 없다는 생각에 쥐는 秘密裏에 長子 名義로 漢水 以南 內谷에 터를 장만하고 移徙를 決心했으나 各種 犯法行爲가 들통 나 그 뜻을 이루지 못하였다

이 記寫를 읽다가 나는 이렇게 해서는 안 되는데 이렇게 해서는 比喩라고 할 수도 없고 直說이라고도 할 수가 없는데 그만 이렇게 發說을 해버리고 말았다

쥐는 망했다

만두의 왕

만두의 왕이 누구인지
만두집 주인도 모른다
좀처럼 속을 보이지 않는 만두가 입을 열면
사철식품안전요원이 들이닥쳐 따져 물을 것이다
만두피에 폭설을 얼마나 가미했는지
간장에 폭풍우의 함유량은 얼마나 되는지

만두를 찌는 양은 찜통도 그래서
아예 함구하며 사느라 둘레가 찌그러지고 만 것
하루에 몇 쟁반의 만두를 찌는지 찜통 둘레에
부리 작은 허공이 몇 마리나 들어와 사는지
찜통은 모른다 겨울 유리창에 커튼을 치는 데 골몰할 뿐

만두가 돼지를 잡아 잘게 다져 먹었다는 말과
채소를 훔쳐 총총 썰어 먹었다는 소문이 퍼진 적이 있다
만두집 주인은 깜짝 놀라 그 다음날 급히
만두의 입에 새로운 지퍼를 구해 달았다

누구도 자신을 알아보지 못하게 되자
만두의 왕은 기운이 식어 홀로 아팠다
쟁반 위의 착한 신민(臣民), 왕은 두부처럼 외로웠다
그때부터 만두집에서 계산을 마친 손님들은
서로에게 눈짓으로 물었다

혹시 옆구리 갈라진 만두는 없었는지
만두의 왕이 비명을 내지르지는 않았는지
그의 뜨거운 혀가 혹시나 입천장에 닿지는 않았는지

아득하기만 한 당신

눈발 성긋성긋 날리는데 우편배달부 오토바이 소리
들리나, 안 들리나 감나무 가지 끝에 귀를 매달아두고 있
었지

석유난로 계량기 눈금이 수평이 되도록 단 한 줄도 쓰지
못했으나
겨우내 나는 토끼의 뿔과 노루의 좆이 궁금했지

헬리콥터가 숲 위로 날아갈 때
헬리콥터 그림자가 푸드덕거리며 떨어져내려
오리나무는 옹송그려 쥐고 있던 새순을 그만 탁, 펼쳐놓
았고

마치 처녀의 치마 속에 든 것 같은 착각에 빠졌던 것은
처녀치마라는 꽃을 처음 만난 날

외상 한 푼 달아놓지 않은 이슬의 가게,
새벽에 지나갈 때마다 미안해서 주인하고 눈을 맞출 수
없었지

보이는 화병에 꽂아둔 백합이 말라가면
보이지 않는 화병 속 줄기는 썩고 있다는 뜻이었지

여름 저녁 만경들 보릿짚 타는 냄새는
무려 구십만 평이었고, 이슥해지면
툇마루 끝에서 아랫도리로 달을 얻어 아이를 낳고 싶었
는데

가슴이라는 말과 심장이라는 말을 구별해서 쓰는 북조선,
사리원 지나가면서 미 1기병사단이 제일 먼저 들어왔다
는 말
듣고 나서 나는 거기 늘 늦게 도착한다는 걸 알았지

아득하기만 한 당신아, 서정아, 이 몹쓸 년아,
너는 어느 유곽에서 또 몸을 팔고 있느뇨?

예천(醴泉)

있잖니껴, 우리나라에서 제일 물이 맑은 곳이
어덴지 아니껴? 바로 여기 예천잇시더.
물이 글쿠로 맑다는 거를 어예 아는지 아니껴?
저러쿠러 순한 예천 사람들 눈 좀 들이다보소.
사람도 짐승도 벌개이도 땅도 나무도 풀도 허공도
마카 맑은 까닭이 다 물이 맑아서 그렇니더.
어매가 나물 씻고 아부지가 삽을 씻는 저녁이면
별들이 예천의 우물 속에서 헤엄을 친다 카대요.
우물이 뭐이껴? 대지의 눈동자 아이껴?
예천이 이 나라 땅의 눈동자 같은 우물 아이껴?

울진 금강송을 노래함

소나무의 정부(政府)가 어디 있을까?
소나무의 궁궐이 어디 있을까?
묻지 말고, 경상북도 울진군 서면 소광리로 가자
아침에 한 나무가 일어서서 하늘을 떠받치면
또 한 나무가 일어서고 그러면
또 한 나무가 따라 일어서서
하늘지붕의 기둥이 되는
금강송의 나라,
여기에서 누가 누구를 통치하는가?
여기에서 누가 누구에게 세금을 내는가?
묻지 말고, 서로가 서로를 다스리며 그윽하게 바라보자
지금은 햇빛의 아랫도리 짱짱해지고
백두대간의 능선이 꿈틀거리는 때,
보이지 않는 소나무 몸속의 무늬가
만백성의 삶의 향기가 되어 퍼지는 때,
우리 울진 금강송 숲에서
한 마리 짐승이 되어 크렁크렁 울자

파꽃

이 세상 가장 서러운 곳에 별똥별 씨앗을 밀어올리느라 다리가 퉁퉁 부은 어머니,

마당 안에 극지(極地)가 아홉 평 있었으므로

아, 파꽃 앞에 쪼그리고 앉아서 나는 그냥 혼자 사무치자

먼 기차 대가리야, 흰나비 한 마리도 들이받지 말고 천천히 오너라

백석학교(白石學校)

개교 100주년이다

4월에 저렇게 큰 산에 눈 오시니, 감자 잎에 노루고기 싸 먹겠다

일찍이 졸업해 일가를 이룬 응식이 정춘이 시영이 동순이 수권이 머리꼭지에 흰 눈 받았다, 헌데 먼저 자퇴한 광웅이 소식 감감하다, 또한 사인이, 태준이는 공책에 필사를 쉬지 않으니 기특도 하다

바구지꽃은 박꽃이 아니라 미나리아재비꽃이라고, 주막 에서 우등생 승원이 재용이한테 귀띔해주었다

하늘 꼭대기까지 국숫발 길어 오늘 급식도 국수다

보리밭의 출항

올해 보리 소출이 몇 가마나 될지 재보라고
나는 흰나비를 보리밭 부근으로 날려보냈네
평당 보리 이삭의 수를 헤아려 낱알의 수를 곱한 뒤에
쭉정이의 무게를 빼고 또 보리밭 육십만 평을 곱하고……
수학 공부를 해본 적 없는 나비는 계산기 없이
햇볕을 접었다 폈다 하면서 힘들어했네
이삭 끝에 5월의 눈송이처럼 가만히 앉아 있었네
뒷짐 지고 가까이 가도 까딱까딱 졸기만 했네
이런 젠장, 나비의 무게가 너무 무겁다고
보리밭이 투덜거리며 엄살을 떨었네
그때 출렁, 하고 보리밭이 한쪽으로 기울었네
초록이 파랑을 밀어 파란을 일으키고 있었네
바람이 보리밭 뒤에서 보리밭을 힘껏 밀고 있었네
육십만 평의 유람선이 미끄러지듯 움직이고 있었네

나비야, 제발 잠 깨지 마라
나도 이참에 배 타고 만경창파나 나가보련다

강

내가 강에 나갔을 때
강은 삐걱거렸다
허리가 시큰하다 하였다
나는 보았다, 강에 나갔을 때
통속한 굴삭기와 식탐 많은 덤프트럭이
오래오래 잘 늙은 강의 허리를 파먹기 시작하는 것을

강은 더이상 흐르지 않게 되었고
흐르지 않자, 엎드리게 되었고
엎드리자, 강의 뱃가죽에서
네 개의 발이 생겨났고 그리하여
개처럼 기어다니는 강이 되었다고 하였다
내가 강에 나갔을 때는 저녁이었고
강은 어스름 속에서 컹컹 짖었다

눈에 보이는 것에 빠져
눈에 보이지 않는 것을 잃어버린 나는
지금, 지금이라도 보려고 한다
보이지 않는 것을 보려고 한다, 강이여

한 마리의 큰 물고기였지, 원래 너는
물살이라는 이름의 등지느러미와
냇물이라는 이름의 꼬리지느러미를 가진,

아가미로 아가처럼 숨을 쉬고
비늘처럼 가지런한 물결이 반짝이는,
퍼덕이며 세상을 끌고 가는 물고기였지

아버지가 너를 구워 밥상에 올릴 때는 좋았어
그때는 팬티도 입지 않고 물장구를 쳤지만,
내 발목을 간질이는 모래무지를 손으로 움켜잡았지만,
나도 어린 물고기가 되어 너의 속살을 파고들었지만,
은모래로 온몸을 덮고 태양하고 눈을 맞추었지만,
나는 너를 구워 밥상에 올릴 일이 없겠다

네 앞에 서면 내 청춘의 울음도 뚝 멎었어
울지 마라, 내가 대신 울어줄게, 하고
네가 말했지 나를 대신해서 네가 울어준다는 말은
이 세상의 눈물을 네가 모두 모아
바다로 간다는 뜻이었어 얼마나 고마웠는지

너는 강이므로 그냥
강으로 흐르고 싶다고 말했지
너는 강이므로 강이 되어 살고 싶다고

네가 하는 말을 듣고 귀를 떼어낸 자들 덕분에
막고, 파내고, 실어 나르고, 막고, 파내고 실어 나르고,

막고, 파내고, 실어 나르고, 막고, 파내고 실어 나르고,
막고, 쌓고, 높이 쌓고, 막고, 쌓고, 높이 쌓고,
막고, 쌓고, 높이 쌓고, 막고, 쌓고, 높이 쌓고,
네가 하는 말을 듣고 귀를 떼어낸 자들 덕분에

마침내 강은 죽어가고 있다
산맥들은 포기했다
힘차게 뻗어내리다가 뜨거워진 발을
서늘한 강물에 담그고 식히는 일을!
왜가리 아가씨는 외면했다
하루 종일 시집갈 생각을 하며
물빛 거울을 들여다보는 일을!
콘크리트 때문에,
철근 때문에,
바퀴 자국 때문에,
중금속 때문에,
쓰레기 때문에,
우레탄 때문에,
아스팔트 때문에,
농경지 리모델링 때문에,
수변복합 레저 파크 때문에,
마침내 강은 죽어가고 있다

강물 속에 살던 이들이 등을 돌리리라
밤마다 별빛을 켜는 점등사가 이제 등을 돌리리라
조약돌을 닦는 구두 수선공 아저씨가 이제 등을 돌리리라

강변에 살던 이들이 떠나리라
수달 소년과 수달 소녀가 은밀히 동거하던 작은 집이 철
거되리라
물 위에 복사꽃 도배를 잘하는 복숭아나무 아줌마가 강제
이주당하리라

강이 죽고
강의 장례식이 끝나면
그다음은 수염이 거뭇거뭇한 아가들이 유모차에 실려 오고,
그다음은 자전거 탄 청춘들이 떨리지 않는 연애를 하러
오고,
그다음은 젖니가 돋은 노인들이 와서 앙앙 울 것이다
강이 죽고
강의 장례식이 끝나면

그리하여 마지막으로 불러보는,
강이라 부르지만 다시는 강이라 부를 수 없는,

강이여,

강이여,
강이여,
강이여,

다시 쓰는 창간사

지금부터 육십수년 전 1946년 10월 6일 창간한 한 개의 신문이 있었으니

이름하야 '경향신문'이라. 지령 2만 호를 내는 이즈음 이를 들추어보건대

인쇄 편집이 수수하면서 때로 치졸하여 절로 미소를 자아내기도 하나

그 펜의 힘이 넘치는 바가 있어 원고지에 만년필 눌러쓰시던 옛 기자들이

도리어 진보적 일면이 있으셨는가 놀라운 생각을 갖게 된다.

제국주의와 지배 권력에 정면으로 맞선 사설이 있는가 하면 정확하고

공정한 뉴스를 위해 노력한 발자취가 엄연하고 첨예하야 희망 언론으로서의

도리를 저버리지 않았다. 1946년 10월 6일에 발한 고고한 그 첫 소리!

돌아보건대 해방 이후 지도 이념에 있어서나 정치 분야에 있어서나 구태여

둘로 쪼개지고 갈가리 찢겨진 절벽에서 한 다리는 들고 한 다리만으로 서 있는

인민의 상처와 아픔은 깊을 대로 깊어졌는데, 인민은 어느 피리에

어느 장단으로 춤추어야 좋을지 모를 형편이거니와 하물
며 필진이

이에 추수하야서 안 될 것은 더 말할 것 없다. 원칙이 부
족함이 아니라

언론만이 현실보다 앞서가야 하는 게 아닌가 생각된다.
다만 이명박 정부 이후

혼돈의 시기에 처하야 도의와 양심을 지키는 실천적 일
개 행자로서의

신문인과 신문이 필요한 시기를 직시하였으니, 이제 펜
끝을 가다듬어

이 땅에서 무뎌지지 않은 펜이 여기에 있음을 증명할 뿐
이다.

미국산 쇠고기 수입에 따른 촛불집회, 부자 감세 추진, 용
산 참사,

남북 관계의 파탄, 집회와 표현의 자유 말살, 4대강 사업
무리한 추진 등의

조선적 참담한 긴급 사태를 일거에 해결할 비장의 명론
탁설을

준비하고 있는 것은 아니다. 다만 신문은 보도기관이므로
자력에 넘치지 않는

범위 안에서 헛된 소리를 지껄이지 않고저 하노니, 거짓
말 아니하는 것으로

─　 혼란기의 언론으로서의 길을 가려니와 바른 소리 하기를 천업으로 할까 한다.

　신문이 앞서 맡아야 할 바를 알아 최선을 다해 모든 정보와 교양을

　경향의 관아, 직장, 내방은 물론 인민의 심장에까지 침투케 하려 한다.

　항구가 작으면 큰 배가 도리어 뜨지 못한다.

　작고 경쾌한 쾌속정이 민활하고 적확한 기능을 발휘하기에 용이할 것이니

　사랑하올 독자 여러분! 경향신문에 베푸실 과중한 기대보다도

　차라리 이 고고한 2만 호의 뱃고동 소리에 환호와 사랑을 아끼지 말으시라.

─

은유의 울타리
황현산(문학평론가)

안도현은 문단 안팎으로 가장 잘 알려진 시인들 가운데
한 사람이지만, 여러 가지 의미에서 적잖은 성공을 거둬온
그의 시가 진지하고 적절한 비평의 대상이 된 적은 드물다.
시인의 명성이 평가를 대신하고 시의 호소력이 설명을 대신
했다고 할 수도 있겠으나, 스스로 자족하는 한 세계가 말을
말 그대로 받아들이지 않고 항상 그 밑바닥을 뒤집어 제 말
을 덧붙이려는 것처럼 보이는 비평의 인위적 체계를 암암리
에 거부하였다고 말할 수도 있고, 비평이 먼저 거기에는 더
말할 것이 없다고 물러섰을 수도 있다. 결국은 같은 말이다.
어느 쪽이건, 그의 명성이 그에게 반드시 이롭기만 한 것은
아니었던,—이 명성이 그를 자주 '시를 잘 쓰는 나쁜 시인'
으로 만들기도 하였던, —저간의 사정을 말해준다. 시를 농
경사회적 정서의 인질로 잡고 있다는 혐의가 그 명성과 늘
평행하였던 것이 사실인데, 이 점도 그의 시를, 좋은 의미에
서건 나쁜 의미에서건, 자명한 것으로 치부하게 하는 요인
이 되었다. 그러나 더 말할 것이 없다고 여겨지는 것일수록
그만큼 튼튼한 울타리를 지니고, 거기에 효과적으로 의지하
는 것일 때가 많다.

안도현에게서라면, 나는 그 울타리를 은유의 울타리라고
말하고 싶은데, 설명을 더 길게 늘어놓기 전에, 먼저 시 한
편을 읽자. 시집을 여는 시, 그래서 서시라고 불러도 좋을
시이고, 짧은 시이다.

오전에 깡마른 국화꽃 웃자란 눈썹을 가위로 잘랐다

오후에는 지난여름 마루 끝에 다녀간 사슴벌레에게 엽
서를 써서 보내고

고장 난 감나무를 고쳐주러 온 의원(醫員)에게 감나무
그늘의 수리도 부탁하였다

추녀 끝으로 줄지어 스며드는 기러기 일흔세 마리까지
세다가 그만 두었다

저녁이 부엌으로 사무치게 왔으나 불빛 죽이고 두어 가
지 찬으로 밥을 먹었다

그렇다고 해도 이것 말고 무엇이 더 중요하다는 말인가

제목이 「일기」인 이 시는 어느 늦가을 하루 시인의 생활
을 적고 있다. 전체적으로는 읽기 쉬운 시이지만, 구석구석
을 명쾌하게 짚어내기는 어렵다. "국화꽃의 웃자란 눈썹을
가위로 잘랐다"는 말은 꽃을 보기 좋게 다듬었다는 말일 것
이 분명하지만, 눈썹이 정확하게 꽃의 어느 부위를 말하는
지는 알기 어렵다. 이 은유는 시인과 국화의 특별한 관계를
암시하면서 속인에게 그 깊은 내력을 숨긴다. "사슴벌레에
게 엽서를 써서 보"냈다는 구절에 이르면 "사슴벌레"와 "엽
서" 가운데 어느 쪽이 은유인지 알기 어렵다. 앞의 경우라면
외양으로건 성격으로건 사슴벌레라고 불러야 할 어느 손님
이 "지난여름 마루 끝에" 잠시 앉았다 갔을 터이다. 시인은

자연의 한 모퉁이에 엽서를 보내듯 그 손님에게 엽서를 보
낸다. "사슴벌레"가 정말 사슴벌레라면 지난여름에 보았던
한 벌레의 안부를 마음속으로 물었다는 말 정도가 될 것이
다. 어느 쪽이건 이 은유는 시인의 의식 속에서 인간의 삶과
미물의 삶이 분리되지 않았음을 말한다. "감나무를 고쳐주
러 온 의원"은 흔히 나무의사라고 불리는 식물치료사를 말
할 것이며, "그늘의 수리"란 나무가 드리울 그늘을 고려하
여 수형을 바로잡는 일일 것이다. 그러나 그늘의 은유는 단
순하지 않다. 다음해 여름을 위한 이 그늘은 늘 그렇게 지속
될 한 삶에 대한 제유법이다. "추녀 끝으로 줄지어 스며드
는 기러기"라고 말하지만, 스며드는 것은 기러기가 아닐 것
이다. 겨울이 다가오면서 햇빛이 섬돌을 지나 마루까지 올
라온다. 기러기는 그 햇빛에 그림자를 지우며 남쪽으로 날
아간다. 그림자의 수를 세는 시인은 한가롭고 무료하다. 그
햇빛이 집 안을 더욱 깊이 기웃거리다가 부엌부터 어두워지
기 시작한다. "저녁이 부엌으로 사무치게 왔으나", 어둠과
함께 고독감도 그만큼 깊어졌으나, 그는 술을 마시러 나가
거나 누구를 부르지 않았다. "불빛 죽이고", 다시 말해서 헛
되게 끝날 것이 분명한 열망을 다스리고, "두어 가지 찬으
로 밥을 먹었다"는 말은 이 생활이 보잘것없다는 뜻을 앞세
우면서, 시인이 제 서 있는 자리를 지키며 세상과의 경계를
분명히 하였다는 속뜻을 담는다. 그리고 빈 줄을 건너서 결
구가 있다. "그렇다고 해도 이것 말고 무엇이 더 중요하다

는 말인가"—서울에서 활동하는 젊은 시인들이라면 곧바로
'이 일은 중요하다'라고 짧게 썼을지도 모르겠다. 조금 엉
뚱하게 들리는 "그렇다고 해도"를 정당화하는 것은 앞의 빈
줄이다. 짧거나 긴 성찰의 시간이 그 빈 줄 속에 들어 있을
것이기 때문이다. "무엇이 더 중요하다는 말인가"라는 설의
법에는 자기 다짐이 있지만, 그것이 어느 정도는 강박적인
것도 사실이다. 그것이 중요하다는 것을 시인은 알고 있지
만, 다른 사람은 그만두고라도 적어도 자기 자신에게 그 점
을 늘 되풀이하여 설득해야 한다.

　저 하찮을 수도 있는 일들이 특별하고 중요한 일이 되는
것은, 다시 말해서 시적 위의를 얻게 되는 것은 시인이 공교
롭고 균형 있게 사용하는 은유 체계에 의해서이다. 이들 은
유는 한 삶의 작은 내력을 올곧게 적어두려는 마음을 저버
리지 않고 일관되게 짜여 사물의 겉과 속을 그 가운데 드러
내지만, 한편으로는 그 쓰임이 대담하여, '일기'를 쓰는 자
아가 그것을 읽는 자아에게 허물없이, 이를테면 친구의 이
름이 생각나지 않아 '사슴벌레'라고 해두고, '수형'이라는
말이 생각나지 않아 '그늘'이라고 해두는 식으로 심상하고
소홀하게 내려놓는 말처럼 들리기도 한다. 계책에 따라 수
행하는 일이 아무것도 하지 않는 일과 같다. 인위와 무위가
구별되지 않는다고 말해도 무방하다. 사소한 일들을 유일하
게 중요한 일로 여길 수 있는 자신감도 물론 공교로운 은유
가 범용한 생활 속에 실천되는 내력과 무관하지 않다. 그러

나 앞에서 말했던 것처럼, 이 자신감 속에는 강박적인 자기 다짐이 섞여 있다. 그 은유의 힘이 미치는 터전을 한 걸음만 벗어나면 언제라도 이 평화를 박살내버릴 위협적인 힘들이 도사리고 있기 때문이 아닐까.

이와 관련하여, 짧은 이야기 하나를 담고 있는 시「국화꽃 그늘과 쥐수염붓」은 말해주는 것이 많다. 시인은 "국화꽃 그늘이 분마다 쌓여 있는"것을 아까워하여 쥐수염붓으로 그 그늘을 쓸어 모은다. (좋은 붓으로 국화를 그렸다는 뜻으로 일단 이해하자.) 이때 "노인 두 사람"이 찾아와 "국화꽃 그늘"과 "쥐수염붓"을 탐낸다. 국화꽃 그늘은 쉽게 모을 수 없으며, 쥐수염붓은 특별한 내력이 있어서 내어주기 어렵다.

그 대신 구워서 말려놓은 박쥐 몇 마리와 박쥐의 똥 한 홉,

게으른 개의 귓속에만 숨어 사는 잘 마른 일곱 마리의 파리,

입동 무렵 해 뜨기 전에 채취한 뽕잎 일백이십 장, 그리고

술에 담가놓았다가 볶아 가루로 만든 깽깽이풀뿌리를 내어놓았다

두 노인은 그것들을 한번 내려다보더니 자신들은 약재상(藥材商)이 아니라 했다

여기 나열된 것들도 쉽게 구할 수 있는 것은 아니다. 기회를 기다려야 하고 정성을 기울여야만 얻을 수 있다. 국화꽃 그늘과 이것들의 본질적인 차이는 우선 그 쓰임에 있다. 이것들은 약재로서 그 용도가 분명하지만 국화꽃 그늘은 어디에 쓰는 것인지 알 수 없다. 아마도 쓸모가 없을 것이다. 사실은 모으는 방식에도 적지 않은 차이가 있다. 저 용도가 분명한 것들을 얻어내기 위해서는 어떤 절차와 법도에 따라야 하지만, 그늘의 채취에 관해 말한다면, 거기에는 분명한 지침이 없다. 쓸어 담기만 하면 그만일 터인데, "백년을 쓸어 모아도 채 한 홉을 모을 수 없는"것이기에 다만 오랜 공력과 인내가 필요하다. 그렇더라도 그늘을 쓸어 모으는 일이 가능하기나 한 것인가. 그래서 무엇보다도 그 일이 가능하다는 믿음이 필요하겠다. 이 공력과 인내와 믿음 한가운데는 붓 한 자루가 있다. 쥐수염붓은 서수필(鼠鬚筆)을 풀어 쓴 말이다. 쥐 수염을 늦가을의 토끼털로 감싸 묶은 이 귀한 붓은 날카롭고도 유연하여 작은 글자를 섬세하고 힘차게 쓰기에 알맞다. 필경 시인의 재능이 그러할 것이다. 불가능한 일을 가능한 일이 되게 하는 재능이며, 그리고 또한 그와 함께 그 일이 가능하다고 믿게 하는 재능이다. 이 특별한 상상력 속에서 재능과 믿음은 구별되지 않는다. 믿음과 구별되지 않는 재능은 필경 제 안에서 재능의 어떤 진수를 알아보는 재능이다. 재능은 도구가 될 수 있어도 그 진수는 도구가 될 수 없다. 도구가 되기를 거부한 바에야 현실의 조건이 아무리 까다롭다 한들 어찌 그 자유로움을 구애할 수 있겠는가. 현실의 조건들은 한 번의 손사래로 사라진다. 그 재능은 자신을 현실에 의탁한 적이 없을뿐더러, 현실의 주문을 받은 적도 없기 때문이다. 국화꽃 그늘을 한 자루 좋은 붓으로 쓸어 담는다는 말은 그래서 세련된 과장법의 범주를 넘어선다. 그 행위가 무엇을 은유하건 그것을 결국 드러내게 하는 것은 어떤 마음의 자세다. 어떤 중요성의 압박에서도 벗어난 것이 거기 있는데 달리 "무엇이 더 중요하다는 말인가".

한 개인의 재능이 아니라 모든 재능의 원천이며 그 진수라고 해야 할 재능, 이 순수 재능의 개념을 타고 구성되는 은유의 세계와 그 울타리가 정말 튼튼한 것인가를 묻는 의문은 남겠지만, 시인이 그 울타리 안에 안주하거나 움츠리고 있는 것만은 아니다. 시는 지극히 평온한 외관 아래 그 공격성을 다 감추지는 않는다. 시는 우선 모든 유용성의 요구를 공격한다. 시인이 쓸모없는 일에 전념하는 것은 그가 무능하기 때문이 아니다. 그는 쓸모 있는 것을 벌써 많이 장만해두었다. 그는 더 중요한 일에 몰두할 뿐이다. 시인은 또한 저 재능과 그 기획이 우연한 것일 뿐이며, 어쩌면 환상에 불과할지도 모른다는 생각과도 맞서 싸운다. 시인이 시의 말미에 잊어버리지 않고 적어둔 한 구절이 있다. "그렇게 옛적 시인들이 나를 슬그머니 찾아온 적이 있었다"—이때 "슬그머니"는 '알지 못하는 사이에'라는 뜻 외에 '구태여 날을 잡지 않고'라는 뜻도 포함한다. 옛적 시인들은 언제라도 올 수 있다. 재능의 우두머리는 면면히 거기 있었고, 지금도 거기 있다. 그 재능으로 엮어지는 사슬의 마지막 고리를 지금 시인 자신이 붙들고 있다. 그리고 끝으로, 시인은 자신의 시와 다른 개념을 지닌 시에 대해서도 은밀하게 비평한다. "구워서 말려놓은 박쥐 몇 마리" 등속을 이야기하는 시구들. 우리가 인용했던 시구들은 유용성의 철학, 또는 철학 아님에 대한 탄핵일 뿐만 아니라, 그가 쓰려 하지 않았던 저 '방만한' 시에 대한 일종의 알레고리이자 제유이기 때문이다. 그가 언제라도 그런 약제들을 제작할 수 있는 것처럼, 그는 언제라도 그런 시를 쓸 수 있다.

그러나 좋은 울타리를 만드는 사람은 제가 만드는 것이 헛된 것일지 모른다고 늘 먼저 염려하는 사람이다. 시 「노점(露店)」은 "공공근로 나온 노인이 호미 하나로 차려놓은 노점 같은" 길가의 꽃밭을 살피고, 그 노점을 지키며 "길가의 소란이란 소란을 다 꼬깃꼬깃 접어 삼키느라 팔다리가 통통하게 부은 채송화"를 염려하고, "내가 쓰는 몇 줄의 손수레 같고 가설 점포 같은 시가 바로 노점 같은 것이어서"라는 말로 끝난다. 이 탄식을 과장된 너스레라고 할 수도 있고, 그래서 엄살이라고 할 수도 있지만, 똑같이 너스레가 많은 시 「설국(雪國)」에서는 그 규모가 다르다. 다섯 부분으로 나뉜 이 시는 이 나라의 산천에 침노한 눈보라와 그와 맞서 싸우는 수목들을, 눈보라의 혼령이라고나 해야 할 호랑이 사냥에 나선 포수들과 피난길에 나선 백성들의 소식을, 호랑이의 사살과 장엄한 해체의 계획을 차례차례 나열한다. 그 사태를 염려하고, 보고를 받고, 지시를 내리는 "나"는 이 나라의 대권을 쥐고 있는 자일 것이 분명하다. 허나 사살했다는 호랑이는 사라지고 흰 고양이 한 마리만 죽어 있다. 이 통탄할 일 앞에서 "나"는 "눈 내리는 북악의 밑동을 싹둑 잘라서 칼등 위에 올려서는 동해로 내던지라는" 놀라운 명령을 내린다. 그런데 마지막 부분에서 이야기가 갑자기 선회한다.

눈 내리는 텅 빈 집은 심해(深海) 같았다. 아내가 저녁찬이 없다고, 뒤뜰 김치 광으로 가서 두어 포기 꺼내와달라고 부탁했다. 체면도 아랑곳없이 신발 끌고 마당에 나와 북악 쪽을 바라보았으나 기별은 감감하였다. 김칫독 속으로는 눈발이 자욱하게 몰려들었다.

권력자는 간 곳이 없고 초라한 남정네만 한 사람 남아 있다. 아내는 말 한마디로 태산을 움직일 수 있는 그의 권력을 알지 못하는 것이 분명하다. 그는 여전히 "북악 쪽을" 바라보며 소식을 기다리지만 그렇다고 아내가 그를 더 존중하지는 않을 것이며, 전자오락을 하는 아들보다 더 예쁘게 보지도 않을 것이다. 시인은 이불 속에서 활개를 친 것과 같다. 그것뿐인가. 활달한 문체가 있다. 저 눈보라에 맞서 전쟁을 독려할 때는 말할 것도 없고, 아내의 성화에 못 이겨 뒤뜰로

106

나갈 때에도, 그것을 말하는 문체는 여유롭고 힘차다. 적어
도 이 문제 앞에서는 시인이 현실을 회피하고 백일몽에 잠
겼다고 말할 것이 아니라, 그의 상상력을 감당하기에 현실
의 울타리가 너무 좁았다고 말해야 한다. 현실이 협소하게
거기 있는 것은 시인의 탓이 아니다. 그 손 시린 겨울에, 체
면을 염려하며 김치 광으로 발길을 옮기기 전에, 은유의 울
타리에 의지하여 장쾌한 눈보라 전쟁을 한번 치른 것이 시
인의 잘못은 아니다.

　염려해야 할 것은 다른 데 있다. 다른 시,「사다리와 숟가
락」에서 시인은 "복숭아 같은 달이 뜨면 숟가락으로 퍼먹"
을 수 있게, 하늘을 향해 사다리를 놓던 아버지가 죽고, 그
아들이 다시 아버지 되어 사다리를 만들려 하지만, "요즘 아
이들 그 누구도 달을 따달라고 하지 않"고, 이 아버지 또한
"지붕에 오르는 일을 두려워하고 있다"고 쓴다. 은유가 하
찮은 사물에 어떤 깊이를 주어도 그 깊이와 함께 내팽개쳐
지고, 은유의 울타리를 아무리 튼튼하게 세워도 그 일이 오
히려 한 터전을 세상에서 도려낼 뿐이다. 은유의 지뢰는 속
악한 생각들을 파괴하지 못하며, 은유의 사다리는 저열한 정
신을 고양하지 못한다. 암울한 미래는 현실의 힘마저 앗아
간다. 한 편 한 편의 시가 저마다 시로 쓴 시론이기도 한 이
시집에서, "이렇게 높은 곳까지 꽃대를 밀어"올린 것은 후
회한다는「원추리여관」에건, 한 생애에 걸쳐 매화꽃에 바친
사랑이 "매화꽃은 목둘레만 남았네"라는 말로 끝나게 되는

시 「매화꽃 목둘레」에건, 원하는 만큼 높은 곳에 이르지 못하기에 차라리 포기하고 수수방관하는 쪽을 선택한다는 시 「명궁(名弓)」에건, 이들 공교로운 실패담의 시 어디에건, 은유의 운명을 염려하는 이 생각이 암암리에 배어 있다. 그런데 나는 이렇게 말하면서, 줄곧 시와 은유를 혼동하는 척하고 있지만, 은유의 운명이 시의 운명이라고 할 수 있을까. 대답을 서두르기 전에 여섯 줄의 짧은 시 「익산고도리석불입상(益山古都里石佛立像)」을 읽는다.

    내 애인은 바위 속에 누워 있었지
    두 손 가슴에 모으고 눈을 감고 있었지
    누군가 정(釘)으로 바위의 문을 두드리는 소리 들렸지
    내 애인은 문을 밀고 바깥으로 걸어나왔지
    바위 속은 환했지만 바깥은 어두웠지
    내 애인은 옛날부터 나를 알아보지 못했지

   돌을 다루는 사람들은 석불이건 돌장승이건 돌 속에 이미 그 석상이 들어 있다고 말한다. 돌을 정으로 다스려 석상 아닌 것들을 깨뜨리고 나면 그 본모습이 오롯이 드러난다. 본래 거기 있던 것이 이렇게 문을 밀고 밖으로 걸어나온다. 이 말은 그럴듯하나 문외한이 듣기에 걱정스러운 구석이 있다. 혹시 정이 우둔한 짓을 저지르지는 않을까. 방심한 정이 본래의 상에 크고 작은 상처를 입히지는 않을까. 상이 아닌 것을 상에 그대로 남겨놓지는 않을까. 돌을 다루는 사람들이 돌 속에 본래 감춰져 있다고 말하는 상은 그가 쪼아내려는 작품의 이상(理想)일 것이며, 그가 꿈에 그리던 그의 "애인"일 것이다. 그 이상이 추호의 오차도 없이 절대적으로 완벽하게 실현되는 일은 없다. 관념의 여자가 현실의 여자로 바뀔 수는 없기 때문이다. 관념으로 이루어진 돌 속의 세계, 그 세계는 아름답고 환하다. 조건과 인연과 제약으로 이루어진 이 세계는 부족하고 어둡다. 돌 속의 애인을 상념하며 그 환한 세계 속에 잠시 살던 나는 그 돌의 문이 열리고 애인이 걸어나오는 순간 문득 이 어두운 세계의 인간이 된다. 돌 속에, 관념 속에 있었기에 "나"를 알아보지 못했던 애인은 돌문 밖으로 걸어나와서도 어두운 현실의 "나"를 알아보지 못한다. 은유의 시론이고 실패담의 시론이다.

그러나 이 시에는 예의 실패담의 시들과는 다른 점이 있다. 저들 실패담의 시가 하나의 은유로만 표현되는 미학적 이상 앞에서 눈은 높고 손은 그에 따르지 못하는 자의 상대적 결여를 이야기한다면, 이 시에서는 어떤 이상도 실현될 수 없는 이 세계의 어둠과 그 절대적 결여가 문제된다. 저들 시에서 시는 어떤 근원에서 비롯하지만, 이 시 「익산고도리석불입상」에서 시는 이 어두운 세계의 작업으로 이룩된다. 저들 시에서는 창조하는 사람의 애타는 열망과 창조해야 할 것과의 영원한 분리가 있지만, 이 시는 만들어진 것과 만드는 자를 이 세계의 어둠 속에서 대질시켜 어떤 변증

법의 길을 연다. 은유의 울타리는 여전하나 이 은유는 시인이 잠시 의지하는 울타리일 뿐 그를 가두는 울타리가 벌써 아니다. (우리가 처음 읽었던 시 「일기」도 사실상 이 범주에 해당한다.)

안도현의 새 시집에서 은유는 적중하기에 실패한 표적으로 자주 제시되나 시는 실패하지 않는다. 그들 실패담이 세련된 문체와 적절하고 울림 많은 리듬으로 쾌적하기 때문이 아니라, 그 하나하나가 현실의 어둠 속에서 작은 빛을 하나씩, 미소한 가능성을 하나씩 확인해나가는 길의 이정표이기 때문이다. 시는 영원한 빛과 날마다 만나는 어둠으로 이루어진다.

그래서 해설자는 사족으로 한마디 덧붙인다. 시인이여, 늘 잘 쓰지 말라. 저 빛의 손상을 두려워하지 말라.

안도현 1961년 경북 예천에서 태어나 원광대 국문과와 단국대 대학원 문예창작학과를 졸업했다. 1984년 동아일보 신춘문예에 시가 당선되어 등단했다. 시집『서울로 가는 전봉준』『모닥불』『그대에게 가고 싶다』『외롭고 높고 쓸쓸한』『그리운 여우』『바닷가 우체국』『아무것도 아닌 것에 대하여』『너에게 가려고 강을 만들었다』『간절하게 참 철없이』등을 냈다. 현재 단국대 문예창작학과 교수로 재직 중이다.

문학동네시인선 020
북항
ⓒ 안도현 2012

1판 1쇄 2012년 5월 30일
1판 10쇄 2023년 11월 3일

지은이 | 안도현
책임편집 | 김필균
편집 | 김민정 강윤정 김형균
디자인 | 수류산방(樹流山房) 본문 디자인 | 유현아
저작권 | 박지영 형소진 최은진 서연주 오서영
마케팅 | 정민호 서지화 한민아 이민경 안남영 왕지경 황승현 김혜원 김하연
　　　　김예진
브랜딩 | 함유지 함근아 고보미 박민재 김희숙 박다솔 조다현 정승민 배진성
제작 | 강신은 김동욱 이순호 제작처 | 영신사

펴낸곳 | (주)문학동네
펴낸이 | 김소영
출판등록 | 1993년 10월 22일 제2003-000045호
주소 | 10881 경기도 파주시 회동길 210
전자우편 | editor@munhak.com
대표전화 | 031) 955-8888 팩스 | 031) 955-8855
문의전화 | 031) 955-3576(마케팅), 031) 955-2678(편집)
문학동네카페 | http://cafe.naver.com/mhdn
인스타그램 | @munhakdongne 트위터 | @munhakdongne
북클럽문학동네 | http://bookclubmunhak.com

ISBN 978-89-546-1822-9 03810

www.munhak.com

문학동네